온정이

저 자 와
협의하여
인지 생략

온정이

지은이 | 장수명
그린이 | 김품창
펴낸이 | 一庚 張少任
펴낸곳 | 돌설 답게
초판 인쇄 | 2021년 12월 10일
초판 발행 | 2021년 12월 15일
등 록 | 1990년 2월 28일, 제 21-140호
주 소 | 04975 서울특별시 광진구 천호대로 698 진달래빌딩 502호
전 화 | (편집) 02)469-0464, 02)462-0464
　　　　(영업) 02)463-0464, 02)498-0464
팩 스 | 02)498-0463
홈페이지 | www.dapgae.co.kr
e-mail | dapgae@gmail.com, dapgae@korea.com
ISBN 978-89-7574-343-6
ⓒ 2021 장수명, 김품창
나답게·우리답게·책답게

* 책값은 뒤표지에 있습니다.
* 잘못 만들어진 책은 구입하신 서점에서 교환해 드립니다.

2021 제주특별자치도 제주문화예술재단 지원을 받아 출간되었습니다.

장수명의 시사 동화집

온 정 이

장수명 글 / 김품창 그림

도서
출판 답게

작가는 보이는 세상과 보이지 않는 세상을 담아낼 수 있어야 합니다. 그리고 세상을 위에서 내려다보며, 세상의 파수꾼이 되어야 한다고 생각합니다. 그래서 등단 이후, 지금까지 우리나라뿐만 아니라, 세상 이곳저곳에서 일어나는 크고 작은 일들에 관한 '시사 동화' 쓰기를 하고 있습니다.

이 책에 실린 네 편의 동화는 그리 오래되지 않은 세상의 이야기들입니다.

첫 번째 동화 「국수할매」는 지난 4월(2021년 4월 27일) 선종하신 정진석 추기경님의 이야기가 글의 모티브입니다. 그분이 돌아가시면서 장기기증을 하셔서 많은 이들에게 도움을 주셨다는 뉴스를 접하고 바로 작업한 작품입니다.

두 번째 동화 「온정이」는 2018년 11월 9일 한동안 우리나라를 떠들썩하게 했던, 고시원 (관수동 청계천로 109) 화재사건이 이야기의 모티브입니다. 가난한 사람들이 살았던, 오래된 그 건물은(지어진지 35년) 스프링클러도 없었고, 출입구는 하나뿐이어서 많은 인명 피해가 일어날 수밖에 없었다는 뉴스를 보며, 더불어 같이 사는 우리의 생존에 관한 물음을 던지는 작업을 한 작품입니다.

세 번째 동화 「실험실의 콩들」은 '우한 폐렴'이라 불리다가 이후에 '코로나 19 바이러스'라고 불리며 팬데믹 사태까지 일으키며 현재에도 엄청난 사람들의 생명을 앗아가고 있습니다.

　무엇보다 초기 '코로나 19 바이러스'가 발생하고 그에 관한 많은 루머가 있었습니다. 그 루머 중의 하나가 이야기의 모티브이며, 세상 모든 생명체는 서로 간의 상호작용으로 공동운명체적 연관 관계가 있다는 것을 암시하며 작업한 작품입니다.

　마지막 네 번째 동화「소풍 가는 날」은 2013년 밀양 아동학대 사망 사건이 글의 모티브이며, 세상에 존재한 모든 생명체는 행복할 권리가 있고, 세상에 존재한 모든 어린이는 어른이 될 권리가 있습니다. 아무도 그들을 업신여기고 함부로 대해서는 안 됩니다. 모든 어린이는 곧, 그들의 삶을 아름답고 멋지게 살아갈 어른이 된다는 것을 기억해야 합니다. 멋진 어른이 되고 싶었을 그 어린 사람을 기억하며 아프게 작업한 작품입니다.

　첫 책,「동백꽃」이 출판되었을 때, 동화에 슬픔을 담았다고 작가 분들로부터 걱정을 들었습니다. 하지만 우리가 사는 세상은 이분법적인 세상입니다. 작가는 모름지기 혁명가일 수도, 세상을 만드는 창조자일 수도 있습니다.

　부족한 글에 옷을 입혀주시며, 출판을 허락해 주신 도서출판 답게 대표님께 진심으로 감사드립니다.

2021년 늦가을, 숲마을에서

장수명

| 차례 |

국수할매 08

2021. 04 정진석 추기경님 선종

온정이 THE ROAD 109 26

청계로 109 고시촌 화재 사건

실험실의 콩들 ········ 46

2019 우한 코로나 바이러스

소풍 가는 날 ········ 66

밀양 아동학대 사망 사건

국수할매 | 2021. 04 정진석 추기경님 선종

바싹 마른 여름날이다.

"하늘이, 비 내리는 걸 까먹었나 보네. 비 한줄기 쏟아지면 얼마나 좋을꼬."

이상한 일이다. 국수할매 말이 떨어지기 무섭게 흙먼지가 풀풀 날리던 하늘에 갑자기 구름들이 몰려들더니 마치 양동이로 퍼붓듯이 비가 쏟아지기 시작했다.

1. 편지

'프릴'

집배원에게 건네받은 작은 봉투 발신자에 '프릴'
이라는 다소 생뚱맞고 생소한 단어가 쓰여 있었다.

'프릴······?'

민이는 조심스레 겉봉투를 열었다.

김 민·준 안녕!
갑자기 날아든 편지에 적잖게 놀랐겠지 젊은 친구들!
나는 자네들이 찾아오던 길 건너 작은 국수집 할매일세.

뜬금없는 편지에 놀랐겠지만,
나는 오래전부터 이렇게 계획하며 살았다네.
이 세상에서 내 삶이 다 하는 날이면,
내 삶에서 마주친 사람들에게,
세상에서 받은 나의 선물들을 나눠주고 가리라고 말이야.
언제나 그리 생각하고 있었지.
그 날이 다가왔구면.
아마, 이 편지가 자네들 손에 도착할 때쯤이면
난, 다른 세상을 향해 발길을 옮기고 있을 거야.

그러니, 놀라지 말고 행여나 슬퍼하지도 말게나.
함께 같은 세상이 있었다는 사실만으로도 나는 너무나 기뻤다네.
그리고 이 봉투 안에 얼마 안 되는 돈이라는 이름의 물건을
넣어두었네.
기쁜 마음으로 식구들끼리 맛있는 식사 한 끼 하시길 바라네.
그대들로 인해 행복했던 기쁨의 대가를 지불하는 것일세.

날마다 새날처럼, 기쁘고 건강하게 생활하시게들.

햇살이 유난히 좋은 그 날에

'할매국수'

"아, 할머니……."

민이 편지를 바닥에 툭 떨
어트린다. 눈물이 바닥으로
툭툭 떨어지며 편지를 흥건
하게 적셨다.

잊고 있었다. 살아가느라,
살아내느라, 그때, 그 시간

을 잊고 있었다.

2. 그때 우리는

　배가 고팠다. 아침만 먹고 저녁이 다 되도록 아무것도 먹지 못했다.

　"형아야, 배가 자꾸 아프다. 아까부터 배가 자꾸 아프다."

　민이가 준이 배에 손을 얹고 배를 살살 문질러 준다.

　"준아, 우리 밖에 나가서 뭐 먹을 거 있는지 한 번 살펴볼까?"

　배가 너무 고프면 아프게 느낄 때가 있다는 것을 민이는 얼마 전에 알았다. 준이 대답 대신 고개를 크게, 크게 끄덕인다.

　두 살 터울인 준이와 민이.

아홉 살 준이를 데리고 민이는 어둠이 막 내려앉기 시작하는 도로를 따라 발길을 총총히 옮긴다. 이사 온 지 얼마 되지 않은 동네는 낯설었다. 준이 손을 꽉 잡은 민이는 혹여나 길을 잃을까 봐 집 쪽을 한 번씩 건너다보며 걸었다.

도로를 따라 음식점들이 쭉 늘어선 동네였다. 준이는 식당들이 보이기 시작하자, 이집 저집 식당 유리문에 바짝 붙어서 안을 살피기 시작했다.

"여기도 맛있겠다."

"여기도."

준이는 식당마다 맛있겠다는 소리를 연발하며 입맛을 쪽쪽 다신다. 여기저기 한참을 돌아다니며 기웃거리던 준이가 갑자기 자리에 털썩 주저앉았다.

"준아, 일어나. 어서!"

"못 일어난다. 기운이 없다. 배는 자꾸 아프고……."

급기야, 준이 눈물샘이 터져버렸다.

"으아아앙! 으아아아앙!"

사람들이 준이와 민이를 흘낏거리며 지나쳤다.

"진짜, 와 이라노. 창피해 죽겠다. 어서 일어나라. 가자!"

민이가 준이 팔을 잡고 끌다가 몸통을 잡아 일으켜 세워보지만, 준이는 꿈쩍도 않는다.

"나도 힘들다. 나도 배고프고……, 힘들다……."

준이를 달래던 열한 살 민이의 눈물샘도 터져버렸다. 준이와 민이 두 형제는 어둠이 본격적으로 내리기 시작하는 도로 갓길에 주저앉아 서로를 보며 눈물을 쏟아내기 시작했다.

3. 김민준

"어이쿠, 뭔 일이고? 얼라들이 여서 와 울고 있노?"

꺼억꺼억 울던 민이가 그제야 눈물을 닦으며 준이 팔을 잡고 흔든다.

"준아, 뚝 그쳐라."

얼마나 서럽게 울었던지 울음을 참으려는 준이 어깨가 들썩들썩 좀처럼 가라앉지 않았다.

"사나이가 그리 울면 안 된다. 남자는 어떤 일이 있어도 눈물을 쉽게 흘려서는 안 되는기라."

손등으로 눈물을 훔치며 준이가 낯선 할매 말을 받는다.

"남자도 사람인데, 눈물이 나면 울고, 슬프면 울고, 또, 또 음……, 배가 고프면 울고 하는 거에요!"

"너거들, 지금 배고파서 울었나? 아이고, 우짜노……."

할매가 준이 손을 잡아 일으켜 세운다.

"자, 가자. 날 따라온 나!"

민이는 준이 손을 잡고 살짝살짝 흔들어대며 따라가지 말라는 신호를 보낸다.

"형아, 니 왜 그라는데……, 싫다. 난 갈란다."

준이 대놓고 쏘아붙이며 민이 손을 홱 뿌리친다.

"괜찮다. 이 할매 나쁜 사람 아니다. 저기, 저기 저

국수집이 우리 가게다. 가자, 내가 맛있는 국수 말아
줄게."

높은 건물들 사이에 조그마한 가게가 보였다.

'할매국수'

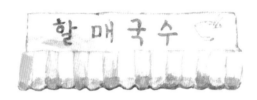

조그마한 가게 안은 깔끔했다.

민이는 어두운 곳에서 밝은 가게 안으로 들어오
니 생각보다 더 많이 창피했다.

"자, 저쪽에 가서 손 깨끗하게 씻고 오니라."

따뜻한 물이 나오는 수도꼭지였다. 따뜻한 물이
손끝에 닿자, 민이는 눈물이 왈칵 쏟아졌다. 온종일
엄마를 기다리며 준이를 챙기느라 애쓴 마음에서인
지 좀처럼 눈물이 그치지 않았다.

"너거 둘 이름 좀 말해봐라."

가게 안은 말을 건네는 국수할매 목소리로 가득

찼다.

"저는, 준이고. 우리 형아는 민이에요."

"그래, 네가 동생이가? 내 눈엔 둘이 쌍둥이같이 똑같아 뵈드마. 나이는 몇 살 묵었노?"

"저는 아홉 살, 형아는 열한 살."

준이는 대답을 척척 잘도 했다.

"민이야, 얼러 나오거라, 국수는 불기 전에 먹어야 맛있데이."

국수할매 목소리가 또 한 번 가게 안을 가득 채운다.

"……."

민이는 거울에 비춰는 꾀죄죄한 얼굴을 몇 번을 더 닦고 서둘러 가게 안으로 나갔다.

"어서 앉아라."

처음으로 마주친 할매의 눈빛은 세상에서 처음 보는 따뜻한 눈빛이었다. 엄마보다도.

"마이, 애썼다. 천천히 꼭꼭 씹어서 얼러먹거라. 국물부터 한 모금 마셔서 입 적시고."

고개를 끄덕이며 국물을 입에 넣는 민이는 눈물이 자꾸 숟가락으로 떨어졌다.

민이는 국수할매가 가르쳐준 대로 길을 찾아서 집으로 돌아왔다.

집으로 돌아온 준이는 피곤했는지 금새 새근거리며 잠에 빠졌다.

엄마는 오늘도 밤 11시 넘어서 돌아왔다.

4. 이상한 국수할매

아침에 엄마를 보자마자 준이는 어제 만난 국수 할매 이야기를 무슨 무용담처럼 늘어놓기 시작했다. 준이 이야기에 눈이 화등잔만큼 커진 엄마는 한동안 고개를 들지 못했다. 엄마 무릎으로 눈물이 뚝뚝 떨어졌다.

"그랬나, 그랬구나."

엄마는 두 마디만 계속해서 되뇔 뿐, 좀처럼 고개를 들지 못했다.

그렇게 여러 날이 지나고, 우리는 가끔 엄마 손을 잡고 '할매국수'집에 가서 국수를 배부르도록 먹고 왔다. 그런 날이면 엄마는 기분이 좋아 보였다.

그런데 민이 눈에 국수할매는 참 이상했다.

국숫값만 해도 4,000원, 5,000원 하는 다른 가게랑은 비교가 안 되게 낮았고, 게다가 아주 자주 민이와 준이에게 공짜로 줬던 것처럼 사람들을 데려와서 국수를 공짜로 삶아 먹이곤 했다.

그런데 국수할매를 돕던 엄마도, 얼마 전부턴 국수할매와 합세를 해서 공짜 국수를 주기 시작했다.

"아이고, 새댁 보아하니, 홀몸도 아닌 것 같은데, 이러다 큰일난다 아이가. 새댁은 죽고 싶어서 그런다 해도 뱃속에 찾아온 귀한 생명을 무슨 권리로 그리 막 대하노, 이 말이다. 그러면 못 쓴다."

국수할매는 꾸지람을 하는 듯, 달래는 듯 젊은 아줌마를 서둘러 앉히고, 주방으로 가서 국수를 삶았다.

"무슨 일인지 모르겠지만, 세상살이가 다 새댁 입은 그 치맛자락처럼 접혔다 폈다 하는 프릴인 기라. 그래야 탱

글탱글한 이쁜 모양이 맹글어지지 않겠나. 내가, 뜨
끈하게 국수 말아 줄 테니까, 뱃속에 있는 얼라를 생
각해서 한 그릇 먹고 힘을 내 보소."

국수할매는 말도 빠르고 손도 빨랐다. 어느새 국
수를 말아왔다.

눈물 반, 국수 반인 그릇을 앞에 두고 새댁은 국수
를 먹는지 눈물을 먹는지 모르게 젓가락질을 하고
있었다. 그 모습을 지켜보던 엄마는 얼른 국수할매
주방으로 들어가서 남은 국수로 매콤한 비빔국수를
말아와 새댁 앞에 내민다. 눈물범벅이 된 얼굴로 젊
은 아줌마가 엄마를 올려다본다.

"나도 그랬어요. 그런데 이 할매가 살려주시네. 어
서 먹어봐요."

엄마 눈에도 눈물이 그렁그렁했다.

'국수할매는 이상한 할매다. 사람들을 슬픔에서
건져준다.'

국수를 내밀면서 자주 이런 말도 한다.

"내가 주는 국수는 명줄이야. 그냥 국수가 아니니, 남기지를 말고 다 먹고들 가시게나."

그 때문인지 아니면 유난히 맛이 있어서인지 사람들은 국수할매가 말아주는 국수를 국물까지 싹싹 비우고 갔다.

그러던 어느 날, '할매국수'집이 문을 닫았다.

몇 달 동안 긴 공사가 시작되더니, 그 자리에 높은 건물이 들어서고 프랜차이즈 매장이 들어왔다. 처음엔 국수할매를 못 봐서 안타까워 하던 사람들이 모이기도 했지만, 이내 사람들 기억 속에서 사라지기 시작했다. 민이와 준이마저도 국수할매를 까맣게 잊고 있었다.

그런데 지금 갑자기 국수할매가 편지를 보냈다.

이 세상을 떠나는 '당신 소식'을 알리는 편지.

"국수할매, 국수할매요……."

그때, 국수할매 만큼 나이가 든 엄마를 모시고 민이와 준이는 옛날 '할매국수'집이었던 프랜차이즈 매장으로 총총히 갔다. 국수 한 그릇씩 공짜로 비우던 낯익은 사람들도 안으로 쏙쏙 들어오고 있었다.

"어머나……, 저 알아보시겠어요? 옛날에……."

찬찬히 낯선 아주머니를 바라보던 엄마가 그분의 손을 덥석 잡는다.

"네, 덕분에……."

"그 아가가 이렇게 많이 컸구나……."

눈망울이 깊고 커다란 사내아이였다.

"엄마, 국수할매 뉴스에요."

작은 국수집을 평생 운영하신 '프릴'이라는 분이 장기기증과 함께 그동안 모아 온 전 재산을 사회에 기증하고 돌아가셨습니다. 그분은 자신의 각막을…….
'프릴'이라는 할머니의 따뜻한 선행은 우리 사회에 많은 경종을 울리면서……,
- 중략
장기기증 신청이 봇물처럼 일어나고 있다고 합니다.

국수할매 이야기는 삽시간에 SNS며 여러 전파를 타고 이곳저곳으로 빠르게 퍼져나갔다.

'어쩌면 국수할매는 자신의 명줄을 세상에 나눠주고 가셨는지도 모르겠다.

할머니, 민이도 할머니처럼……, 할머니한테 배운 것처럼 그런 어른이 될 거에요.'

바람이 하얗게 불어 민이 얼굴을 더듬고 지나갔다. 그 날 국수할매처럼.

"무슨 일인지 모르겠지만, 세상살이가 다 새댁 입은
그 치맛자락처럼 접혔다 폈다 하는 프릴인 기라.
그래야 탱글탱글한 이쁜 모양이 맹글어지지 않겠나.
내가, 뜨끈하게 국수 말아 줄 테니까, 뱃속에 있는
얼라를 생각해서 한 그릇 먹고 힘을 내 보소."

I. 엄마

교문 밖에 엄마가 보였다. 엄마는 꽤 오랫동안 온정을 기다린 듯 보였다.

"온·정·아."

바싹 마른 입술은 하얗게 각질을 일궈내고 있었고, 얼굴은 마른 멸치의 건조한 표면처럼 까실까실해보였다. 엄마를 흘낏 건네다 본 온정이 고개를 푹숙여 땅만 보고 걷는다. 엄마는 주머니에서 오만 원을 꺼내 온정이 호주머니에 찔러 넣어준다.

"이걸로 먹을 거 사 먹어. 며칠 있다가 또, 올 게."

엄마는 아무 말 없이 물끄러미 올려다보는 온정의 이마로 흘러내린 머리카락 몇 가락을 거둬 올려준다.

'눈빛이 촉촉하게 젖어 있는 엄마.'

뾰족 꼬챙이에 걸린 것 같은 알았다는 쇳소리를 목구멍 밖으로 겨우 끌어올리고는 온정이 고개를 툭 떨군다. 주머니 속에 푹 찔러 넣은 온정의 손을 따라, 가늘고 까실까실하지만 따뜻한 엄마 손이 온정의 손을 움켜잡는다.

"온정아, 알았지? 알지?"

대답 대신 온정은 또 고개를 꾹꾹 떨어트린다. 엄마 손도, 목소리도, 발걸음 소리도 귓전에서 멀어지고 있었다.

'엄마, 엄마, 엄마아……'

신호등 앞에 멈춰 선 엄마. 초록 불빛을 받고 잰걸음으로 총총히 건너가는 작고 작은 엄마의 후줄근한 뒷모습을 보는데 저도 모르는 눈물이 얼굴을 타고 빗물처럼 흘러내렸다. 가슴이 콕 막히고 숨길이 찢어지는 것처럼 아팠다.

12살 어린 온정의 세상은 너무 빨리 허물어지고 있었다.

주머니에서 엄마가 준 오만 원을 꺼내 들고 은행에 예금을 한 온정이 달린다.

2. 밥은 차별이 없다

어둠이 짙은 방안이다. 방으로 들어서자마자 온정은 핸드폰을 바싹 끌어당겨 앉는다.

> 컵라면, 된장, 고추장 ⌨ ▾   🔍

조금 전에 엄마가 준 돈으로 인터넷쇼핑몰에서 먹을거리와 생필품을 주문했다. 온정이 사는 이곳은 한 평이 겨우 될까 말까 한 작은 공간이다. 방들이 다닥다닥 붙어 있는 이곳을 여기선 인간 캐리어 라고 부른다. 이곳에서는 원칙적으로 음식을 할 수가 없다.

　심지어 난방제품도 사용하지 못하게 하고 있다. 그래서 온정이는 아주 추운 날은 헤어 드라이기로 옷, 이불, 제 온 몸 구석구석에 뜨거운 바람을 쐬어 주고 잠을 청한다. 그럼 덜 춥고 잠도 잘 온다. 그런데 다른 방에서는 규칙을 어기고 난방용품도 사용하고 음식도 해 먹는 모양이다. 가끔 밥 냄새 찌개 냄새가 풍긴다. 그도 그럴 것이 주인은 아주 가끔 들러서 관리만 하고 금방 간다. 그래서 사람들은 그때만 잘 피하면 된다고 했다. 하지만 엄마는 혼자 있는 온정이 위험하다고 절대, 절대 그러면 안 된다는 당부를 수도 없이 했다.

그런데 오늘은 유난히 배가 고프다. 주문한 컵라면은 빨라도 내일은 되어야 오는데. 낮에 본 엄마를 떠올리면서 이불 속에 누웠던 온정이 일기장을 편다. 일기장에는 배고프다는 이야기도 엄마가 없다는 이야기도 혼자 이 쪽방에서 산다는 이야기도 절대 쓰지 않는다.

오늘은 급식에 관한 일기 숙제를 해야 한다. 한참을 고민하던 온정이 일기 제목을 쓴다. '밥은 차별이 없다.' 웃풍이 콧속으로 후욱 들어왔다.

제목: 밥은 차별이 없다.

급식시간.
아이들이 급식실로 짝을 이루고 간다. 나도 짝꿍 미소와 잰걸음으로 급식실로 향했다. 빨리 밥이 먹고 싶은 나는, 급식실로 가는 걸음이 좀 빠른 편이다. 하지만 짝꿍 미소는 언제나 좀 느리다.
"미소야, 빨리 가자!"
"알았어."
미소는 그래도 느리다.

'좀 빨리······.'

마음속으로 조바심을 내며, 미소와 보조를 맞춰 걸으며 급식실에 도착했다.

색색의 반찬들과 하얗고 노란 잡곡밥이 눈에 들어왔다. 침이 고이며 목구멍으로 꼴깍 넘어갔다.

'못 참겠어. 아, 좋아~!'

나는 급식시간만큼 공평한 시간은 없다고 생각한다.

왜냐하면, 같은 시간에 같은 식판으로 같은 반찬과 같은 밥을 모두 똑같이 나눠 먹으니까. 어디 그뿐이냐, 숟가락 젓가락까지 똑같다. 물론, 더 많이 먹는 아이와 남들보다 더 적게 먹는 아이는 있겠지만, 그건 스스로 선택하는 것이지, 누구의 간섭을 받아서 그러는 것이 아니다. 그러니 급식시간은 정말 공평한 시간이다. 그래서 나는 급식시간이 제일 좋다. 게다가 내가 좋아하는 반찬이 나오는 날은 정말 행복하고, 그런 날은 정말 내 생일 하고 싶다.

그런데 가끔 반찬이 맛이 없다거나, 밥이 먹기 싫다고 수군거리고 투정을 부리는 친구들을 볼 때면 정말 머리에 꿀밤을 한 대 주고 싶다.

그처럼 맛있는 밥을 먹으면서 그런 투정들을 부리다니······, 아프리카 아니, 아직도 밥 한 끼 먹기 힘든 사람들이 얼마나 많은데 말이다.

급식시간만큼은 언제나 공평하다. 누구에게나 차별 없는 밥이 나는 참 좋다!

일기장을 덮고 돌아누운 온정이 혼잣말을 한다.

"이틀이나 굶어야겠네. 으 추워."

이불 깊숙이 몸을 넣는다.

"이 이불은 엄마가 결혼할 때 양엄마가 목화솜으로 직접 만들어 준 이불이야. 좀 무겁지만, 무척 따뜻하지!"

엄마는 이불 속에 누울 때마다 말했다. 그 때문인지 온정도 이불 속에 누우면 기분이 좋다. 마치 엄마 품에 안긴 것처럼 따뜻하고 엄마 냄새가 나는 것 같아서 말이다.

'아, 배고파……. 빨리 잠들어야겠다.'

엄마 냄새를 찾아 목화솜 이불 깊숙이 파고든 온정이 어느새 잠이 들었다.

3. 참을 거야

쫘아악~!

하마터면 물벼락을 맞을 뻔했다. 그러지 않아도 추워죽겠는데 등굣길 아침부터 누가 물을 휙 뿌렸다. 간신히 몸을 피한 온정에게 미안하다는 말도 괜찮으냐고 묻는 말도 하지 않고 등살과 허리살이 울룩불룩하게 출렁이는 덩치 큰 아줌마가 가게 안으로 쑥 들어가 버린다.

"못됐어. 어른이면 단가?"

온정은 혼잣말을 중얼거리면서 금방 뺀질뺀질 살얼음으로 얼어붙은 물 자국을 바라보며 가게 안을 본다. 뭘 보느냐는 듯, 못 본 체하는 어른 아줌마가 눈에 들어왔다.

'나는 저런 어른은 안 될 거야.'

"온정아!"

미소다. 뽀얀 얼굴에 민트색 패딩을 입고 털이 보송하게 들어간 워커를 신은 미소는 정말 예쁘다.

"괜찮아?"

"응. 봤어?"

하마터면 이 추운 날, 큰일 날 뻔했다며 미소가 온정을 걱정해 준다.

"너 안 추워?"

"으응, 조금……."

낡은 파커가 있었는데, 그것마저도 올해부터는 작아져서 못 입는다. 여러 겹, 겹쳐 입긴 했지만, 겨울바람이 살 속으로 쏙쏙 파고드는 걸 미소는 눈치챘나 보다.

"나, 안 입는 패딩 하나 있는데, 엄마한테 물어보고 너 줄까?"

"좋아!"

온정이 반긴다. 미소가 주는 것은 언제나 괜찮다. 다른 아이들이면 모르겠지만, 일학년 때부터 미소랑은 계속 같은 반이었고, 온정의 어려운 사정을

아는 친구는 미소뿐이다. 게다가 변함없이 미소의 마음은 따뜻했다.

종례를 마치고 선생님이 온정일 불렀다.

"온정아, 일기 잘 썼더라. 나중에 커서 작가 해도 되겠다. 칭찬!"

선생님은 환하게 웃으시며 온정에게 일기를 글짓기 공모에 보내겠다고 하신다.

"와~, 정말요? 선생님!"

온정이 소릴 질렀다.

학교 컴퓨터로 일기를 좀 더 잘 정리해서 선생님께 드리고, 온정인 인간 캐리어라 불리는 집으로 타박타박 걸어왔다. 차가운 겨울바람을 맞고 온 탓인지 역시 집이 제일 좋다. 문 앞엔 어제 배달시킨 물건들이 도착해 있었다.

"헤."

온정이 컵라면 박스와 된장, 고추장 생필품 몇 가지가 든 짐꾸러미를 방으로 밀어 넣는다. 컵라면이 촘촘히 든 박스를 열고 온정은 한참 동안 눈을 못 뗀

다. 보기만 해도 좋다. 게다가 이번엔 된장, 고추장까지 샀다. 그 두 가지만 있으면 컵라면 맛은 언제나 꿀맛이다. 라면의 밍밍한 맛이 느껴질 때, 된장이든 고추장이든 찍어서 입에 넣으면 그 맛이 싹 달아나기 때문이다. 게다가 따뜻한 햇반이라도 생기는 날이면 된장을 콕 찍어서 하얀 밥에 얹어 먹는 맛은 정말 일품이다.

"부자다! 헤."

먹고 싶은 마음에 침이 꼴깍 넘어간다. 온정이 고추장 뚜껑을 열고 속껍질을 조심스레 열어 새끼손가락으로 빨간 고추장을 찍어 입에 넣는다. 단짠맵한 고추장 맛에 알큰한 고추장 냄새가 입맛을 돋운다. 하지만 아껴 먹어야 한다. 물 한 모금 마시고 온정이 이불 속으로 들어가서 누웠다. 자꾸 배가 고프다는 생각이 머릿

속을 맴돌아 잠이 오지 않았다.

"먹을까?"

"아니야, 학교 안 가는 날 먹어야 해."

혼잣말을 주고받는다.

학교 안 가는 날이면 급식을 못 먹으니까 온정은 종일 배가 고팠다. 학교 급식은 유일한 온정의 제대로 된 식사였다.

'오늘은 참고, 학교 못가서 진짜 배가 고프면 먹어야지.'

그렇게 저와 실랑이를 하던 온정이 동그랗게 제 몸을 깊이 감싼 채 깊은 잠에 빠졌다.

4. ROAD 109

숨이 뜨겁다. 가슴이 꼭꼭 막힌다. 그런데 눈이 안 떠진다. 뜨거움은 느껴지는데 깨어나지 못했다. 뜨거운 건지, 따뜻한 건지 모르겠다. 자꾸 숨은 막히고, 숨이 뜨겁다. 온정은 새우등을 하고 이불을 잔뜩 말아 쥔 채, 숨을 쉬고 있는지조차 모르게 이불 깊숙이 누워 있었다.

로드 109 그곳에 다닥다닥 붙은 방들 곳곳은 검은 연기를 피워 올리며 시뻘건 불길에 싸여 있다. 사람들이 몰려들고, 소방관들이 사나운 물줄기를 쏘아 대고 있었다. 게다가 온정이가 살고 있는 2층은 아궁이 속처럼 활활 타고 있다. 그런데 참 이상한 일이다. 온정은 밖으로 나와 있었다. 온정이 저는 어떻게 밖으로 나와 있는지 모르겠다. 활활 타는 불길 속, 2층을 보고 있다. 그러다가 온정이 제 몸을 내려다 보며.

'죽었나? 내가?'

그 생각이 든 그 순간, 사람들 속에서 새까맣게 타 들어 간 낯빛으로 발을 동동 굴리며 온정을 부르며 울부짖는 엄마가 보였다.

“온정아, 온정아, 내 새끼 온정아~”

“엄마!”

“우리 딸이, 2층 저 안에 있어요. 제발 들어가게 해 주세요~!

내 딸한테 가야 해요.”

온정이 얼른 엄마 앞에 가서, 서 보지만 엄마는 온정일 보지 못했다.

“온정아~, 온정아~, 내 아가야~”

새파랗게 핏줄을 세우고, 목이 터지도록 온정이 이름을 부르기만 했다.

“엄마, 엄마, 나 여기 있어, 온정이야.”

온정이는 엄마 앞에서 지금 엄마 앞에 온정이 있다고 말해보지만, 엄마도 다른 사람 누구도 온정이 말을 알아듣지도 온정일 보지도 못했다.

"엄마아~, 나 여기 있어! 엄마아~!"

온정인 그렇게 세상 밖으로 나가야만 했다.

이제 갓 열두 살. 세상에 태어나서 자기의 의지대로 걷고 말하고 생각한 지 얼마 되지도 않았는데 말이다.

세상은 연일, 'ROAD 109' 화재 사건으로 시끄러웠다.

몇 날이 지났다.

'ROAD 109 인간 캐리어라 불리는 그곳에서 화재가 발생한 건, 전기난로가 넘어지면서 화재가 발생했다고 관계부처는 발표했습니다. 게다가 많은 방들에 비해서 출입구는 하나밖에 없었다고 합니다. 그 때문에 더 많은 인명피해가 발생할 수 밖에 없었다고 합니다.'

– 중략

'이불 속에서 새우등을 하고 무서운 불길 속에서 숨을 거둔 초등 5학년인 열두 살, 온정이'

다 타고 남은 컵라면 박스며, 녹아내린 된장 고추장 그리고 '밥은 차별이 없다.'는 온정이 쓴, 일기 내용은 여러 날 신문, 방송 곳곳에서 다루어졌다.

사람들은 그제야 밥을 밥 먹듯이 굶고, 이주 노동자 엄마는 온정일 데리고 갈 수가 없어서 고시원 쪽방에 아이를 두고 가끔씩 들여다본 이야기를 쏟아내며 온정일 추모하기 시작했다.

그러던 어느 날이었다.

얼굴이 풍선처럼 매끈하게 부풀어 오른, 얼굴에 주름 하나 없는 정치인이 텔레비전에 나와서 말했다.

"그래도 학교 무상급식 때문에 아예 밥 굶는 아이가 없는 현실은 무엇보다 다행한 일입니다. 앞으로도 밥은 차별이 없어야 합니다."

"그 다행한 일⋯⋯. 밥은 누구나 먹어야⋯⋯."

온정 엄마는 텔레비전을 껐다.

'온정 없는, 나 뿐인 세상.'

열린 창으로 하얀 눈꽃이 날아들었다. 바닥에 닿자마자 스르르 제 몸을 녹여내는 눈은, 온정이 같았다. 엄마는 눈물 자국처럼 남은 눈으로 '온정이'라는 물 글을 자꾸 썼다.

나는 급식시간만큼 공평한 시간은 없다고 생각한다.
왜냐하면, 같은 시간에 같은 식판으로 같은 반찬과
같은 밥을 모두 똑같이 나눠 먹으니까.
어디 그뿐이냐, 숟가락 젓가락까지 똑같다.
물론, 더 많이 먹는 아이와 남들보다
더 적게 먹는 아이는 있겠지만,
그건 스스로 선택하는 것이지,
누구의 간섭을 받아서 그러는 것이 아니다.
그러니 급식시간은 정말 공평한 시간이다.

실험실의 콩들 | 2019 우한 코로나 바이러스

I. 리희

흙먼지가 뽀얗게 일어났다. 바람도 없는 날씨인데 아주 자주 뽀얗게 일어난 흙먼지는 허공을 타고 올랐다.

"엄마, 배고프지?"

"아니."

엄마 목젖은 그 말 밖에 할 줄 모르나 보다. 매번 '아니'라는 말만 한다.

리희는 오늘도 세상에 남은 엄마와 리희 두 사람을 위한 먹을거리를 찾아 텅 비고 낡아져 가는 도시를 배회한다. 한때는 사람들이 너무 많아서 가만히 서 있을 수조차 없었다던 도시는 흔적만을 남긴 채 허물어져 텅 비었다.

가로누워 여기저기 깨어진 시멘트 조각들로 파편을 이룬 건물 안으로 조심스레 들어갔다. 언제나 그런 건물 안으로 들어가면 먹을 수 있는 것들이 있다.

"오~, 오늘은 운이 좋은 날이네."

리희는 바닥 한쪽에 쏟아진 깡통 통조림을 여럿 발견했다.

"음, 날짜는 한참을 지났지만, 지난번에도 괜찮았으니까, 괜찮을 테지."

리희는 매번 이렇게 스스로 저를 안심시키며, 둘러메고 있던 가방 안으로 수확한 물건들을 밀어 넣는다. 바닥 여기저기 굴러다니는 통조림을 이리저리 살피며 리희는 먹을 수 있는 것들을 하나하나 담았다. 대부분 아직은 먹을 만한 것들이었다. 그렇게 아주 오랫동안 그곳에서 쓸만한 물건들, 볼펜, 노트, 옷가지들까지 찾아서 챙긴 리희는 부랴부랴 엄마가 있는 곳으로 달렸다.

"엄마, 좀 늦었지? 미안."

"아니."

리희가 가방을 거꾸로 들자, 가방 안에 든 물건들이 요란한 소리를 내며 바닥으로 떨어진다. 흘끔 엄마를 건너다본다. 시끄러운 소리를 내며 떨어지는 통조림과 옷가지, 여러 잡동사니가 쏟아져 나왔는데도 엄마의 표정은 여전히 똑같은 그 날이다.

"엄마, 오늘은 이걸 먹을 거야."

자연산 골뱅이라고 쓰인 통조림을 엄마에게 보이며 뚜껑을 힘껏 잡아당겼다. 조금 비릿하면서 달달한 냄새가 훅 느껴졌다.

"엄마도 자~ 맡아 봐."

엄마에게 건네 보지만, 엄마는 냄새를 맡지 못했다. 아니, 그날 이후로 엄마는 맛도 냄새도 심지어 말도 잃어버렸다.

"맛있다."

단짠단짠한 감칠맛과 쫄깃한 식감이 좋은지, 엄마도 잘 받아먹었다.

그 때다.

한 동안 보이지 않던 까망이가 작은 코를 발름거

리며, 살금살금 강아지마냥 왔다.

"오랜만에 돌아온 거네! 그동안 잘 지냈어?"

리희는 까망이를 손바닥에 올려놓으며 반겼다.

까망이는 실험실에서 콩이라 불리던 검은토끼박쥐다. 리희는 그 실험실에서 근무했던 연구원이었고. 예민하고 영리한 까망이와, 만물엔 신성과 지성이 존재한다고 믿고 있는 리희는 일종의 생물학적 작용처럼 서로의 마음을 이해하여 교감하고 공유할 수 있었다. 그 때문에 리희는 실험군들에게 행해지는 무자비하고 잔인한 불필요한 생체 실험들에 끊임없이 저항했다. 그 때문에 리희는 아주 오랫동안

제 의지와 상관없이 실험실을 떠나야 했고, 오래도
록 돌아가지 못했다. 하지만 실험실로 돌아간 그 날,
그 일들은 벌어지고 말았다.

2. 탈출

P105연구동은 인적이 드문 외진 곳에 세워졌다.
그곳은 다양한 종들에게 생체실험을 할 목적으로
세워진 곳이다. 각각의 종들이 갖고 있는 고유 바이
러스를 추출, 배양해서 새로운 바이러스로 만들어
무기화 하는 곳이다.

노드리듯, 비가 억수처럼 쏟아진 날이었다. 곳곳이 물에 잠기고, 급기야 빗물이 넘쳐서 까만콩이 있는 P105동까지 흘러들어왔다. 빗물이 연구동으로 차오르기 시작하자, 조용하기만 했던 실험군들은 각자 품고 있던 공격본능이 깨어났는지……, 살고자 하는 본능의 움직이라고 표현 되어야 맞겠다. 더구나 몇몇 P105동 실험군들은 요즘 부쩍 잦은 연구원들에게 시달린 탓인지 물이 들어차자마자 케이지를 흔들며 흥분하기 시작했다. 까만콩은 언젠가 연구원 리희가 제 귀에 대고 했던 말이 생각났다.

　　"까망아, 저기 보이는 관을 따라 올라가면 바깥 통로와 연결된 작은 구멍이 있어.

　　너라면 탈출할 수 있을 거야."

　　빗물에 둥둥 떠다니다 여기저기 부딪힌 케이지는 문이 열렸다. 문이 열리자마자 까망이는 리희가 알려 준 그 관을 타고 올랐다.

탈출.

까망이의 탈출은 그렇게 감행되었고, P105동이 텅 빌 때까지 사람들은 나타나지 않았다. 마지막 콩들이 빠져나왔을 때에 요란한 소리를 지르며 자동차 몇 대가 들어오고, 사람들은 다급하게 실험실 안으로 달려갔다. 비는 여전히 억수처럼 쏟아졌다.

대부분 실험실에서 태어난 콩들은 갈피를 잡지 못한 채, 우왕좌왕했다.

"내가 앞장설게. 나를 따라와."

까망이는 콩들 앞에 섰다. 혹시 만나게 될 고양이, 개 등 크고 작은 위험에 관해 이야기하며 앞장서서 조금씩, 조금씩 나아갔다.

쏟아지는 빗줄기와 함께 어둠이 깊어진 도심의 한복판을 걸었다. 다행히도 거친 비바람 덕분인지 거리엔 콩들 외엔 아무것도 나타나지 않았다. 그 흔한 길고양이조차도 보이지 않았다.

3. 실험실의 콩들

비는 좀처럼 그칠 것 같지 않았다. 콩들은 계속 걸었다. 또다시, 실험실로 잡혀갈 수는 없다.

냄새.

가까운 곳에서 한 종의 냄새가 아니라……, 여러 종들의 냄새가 섞여서 맡아졌다.

"우리처럼 탈출한 콩들일지도 몰라."

어쩌면 그곳이 자기들이 가야 할 곳일지도 모른다며 콩들은 흥분하기 시작했다.

"……"

까망이는 내키지 않았다. 하지만 난생 처음 억수처럼 쏟아지는 비를 맞으며, 낯선 두려움에 시달린 콩들은 까망이와는 사뭇 다른 생각들을 말하며 그곳을 향해 움직이기 시작했다.

여덟 마리의 콩들은 꽤 오랫동안 걸었다. 그사이 비는 잦아들었다가 다시 퍼붓고, 다시 잦아들었다가 퍼붓기를 반복했다. 시간이 얼마나 지났는지, 얼마나 많이 걸었는지조차 모를 쯤, 푸른 새벽빛은 어둠을 제치고 아침을 열고 있었다.

"벌써, 해가 돋고 있어!"

"다시는 그 쇠막대기에 찔리고 싶지 않아."

그때였다. 단단한 노끈으로 촘촘하게 잘 짜진 그물이 콩들을 덮쳤다. 그물은 콩들을 옥죄고 동그랗게 말아 가뒀다.

"이렇게 귀한 물건들이……, 흐흐흣."

앞니가 뻐끔 벌어진 남자는 연신 기괴한 웃음소리를 흘리며, 누런 치아를 드러내고 있었다.

하지만 밤새 난생 처음 비를 쫄딱 맞으며 걸었던 콩들은 그물에서 빠져나갈 용기를 내지 못했다. 그만, 그물 속에 갇혀 주저앉고 말았다. 게다가 콩들을 쫓고 있는 P105동 사람들 냄새가 점점 가까이에서 맡아지기 시작했다.

콩들의 눈에서 눈물이 흘러나왔다.

"다시는 그곳으로 돌아가지 않을 거야."

"나두"

"나두"

다급하게 뛰어 들어오는 발소리가 들리더니, 콩들은 깜깜한 어둠에 휩싸이고 말았다. 곧이어 요란한 말소리와 사람들의 발소리가 어지럽게 왔다갔다 하고 있었다.

촘촘하게 잘 짜진 그물 속에 갇힌 콩들은 남자가 덮어씌운 두꺼운 이불 속에 오래도록 있어야만 했다. 두터운 어둠 속에서 시간은 꽤 오래 흘렀다.

4. 다시 만나다

"까망아~, 까망아!"
귀에 익은 목소리가 자꾸 까망일 깨운다.
"까망아, 어서 일어나, 어서 일어나 가자!"
채 뜨지 못한 어슴푸레한 눈빛에 리희가 보인다.
'리희.'
잘 웃고, 보이는 것을 보이는 대로 마음에 담을 줄

아는 연구실 리희가 눈물을 그렁그렁 담은 눈으로
보고 있었다.

때마침, 복귀 명령을 받아 연구실로 돌아왔던 리
희는, 빗물에 아수라장이 된 연구동에서 실험군 콩
들이 모두 사라졌다는 것을 알고, 콩들을 뒤쫓는
P105동 연구원들과 함께 그들을 찾아 나섰다. 마침,
까망이가 잡혀있는 그곳에 도착한 리희는 연구원들
이 남자와 실랑이를 벌이는 틈을 타고, 콩들을 찾아
곳곳을 살피기 시작했다. 그리고 눈에 띈, 불룩하게
솟은 이불 속에서 콩들을 발견했다. 리희는 아무도
눈치채지 못하게 이불을 걷고 그 안에 잠들어 있는,
아니 죽음을 향해 타박타박 걷고 있는 까망이를 깨
웠다. 하지만 죽음과 가까운 거리에 있던 까망이는
좀처럼 깨어나지 못했다. 리희가 저를 주머니에 넣
는 것조차도 몰랐다.
　한 편, 콩들을 가둔 남자는 리희가 콩들 곁으로 가
고 있다는 것을 알아챘지만, 자칫 연구실 사람들 모

두가 눈치챌까 봐 전전긍긍하고 있었다. 그는 가까스로 연구원들을 따돌리고 잽싸게 돌아왔지만, 이미 까망이는 리희 주머니 속으로 들어가고, 리희도 어쩔 수 없이 까망이만 데리고, 그 자리를 황급히 떠날 수밖에 없었다.

ᄂ. 운명

두려움과 굶주림에 지친 콩들은 어둠에 갇힌 채, 점점 딱딱하게 굳어가며 나무처럼 변했다. 그렇게 무서운 시간들이 지나고 있었다.

"아이구, 이거 다 죽었구나."

그제야 이불을 걷고 그물 속에서 콩들을 빼내보지만, 이미 숨이 남아 있는 콩들은 없었다.

"아이고, 아까워서 어째……, 공연히 연구소인가 뭣인가 하는 것들이 찾아와서 들쑤셔대는 통에 아까운 것들만 다 놓쳤네, 다 놓쳤어."

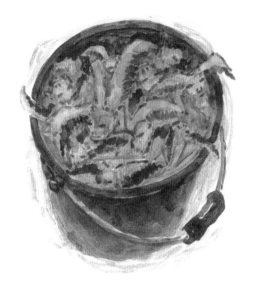

남자는 연신 혀를 끌끌 차며 콩들을 이리저리 살펴보며 아까워 죽겠다는 듯이 빈 입을 쩝쩝 다시며 이 통과 저 통으로 옮겼다.

그때였다.

장바구니를 들고, 붉은 립스틱을 짙게 바른 아낙이 남자에게 다가와 선다.

"아이고, 귀한 물건들이 많네요. 호홋!"

아낙은 콩들을 가리키며 한 마리만 살 수 있느냐고 묻는다.

"한 마리 가지고 뭣 하려고, 싸게 드릴 테니까 다 가져가시지!"

"다요? 얼마에 주시려고……?"

아낙은 남자의 눈치를 살피고, 남자는 아낙의 눈치를 살피며 흥정을 한다.

"반값도 안 되게 드리지. 어이구, 싸다, 싸!"

남자는 듬성듬성한 누런 치아를 드러내 히죽거리며 까만색 비닐봉지에 콩들을 담는다.

"고마워요."

아낙은 붉은 입술이 얼굴을 반쯤 채우도록 웃으며, 남자가 건네주는 까만색 비닐봉지를 받아들고 시장을 총총히 빠져나갔다.

그런 후, 얼마 지나지 않아, 이상한 일이 생기기 시작했다. 남자의 가게 문이 굳게 닫히더니, 남자는 원인을 알 수 없는 병으로 갑자기 세상을 떠났다는 얘기만 시장 안에 퍼졌고, 그 시장은 상점마다 문을 꼭꼭 닫은 채, 폐쇄되고 말았다. 그리고 세상은 두 부류의 세계로 바뀌어 버렸다. 땅 위에 사는 사람과 땅 아래에 사는 사람으로.

땅 위에 사는 사람들은 날마다 하얗게 소독약을 사방팔방으로 뿌려대며, 혼자 밥 먹고, 혼자 놀고, 무엇이든 혼자 하는 혼자인 세상이 되었다.

또, 땅 아래에 사는 사람들은 땅 위와 연결된 작은 통로를 날마다 소독했으며, 그 작은 통로를 24시간

감시하고 지키며, 아무도 그 통로를 자유롭게 드나들 수 없게 만들었다. 땅 아래 사람들은 그들만의 특별한 세계를 만들기 시작했다.

6. 그 후

시간이 흐르고 또 흐른 어느 날이었다. 사람들이 사라진 땅 위엔 흙바람이 자주 일어났다. 그러던, 어느 날부터 바람이 지나간 자리에 작은 초록 잎이 돋아나기 시작했다. 소독약 때문에 하얗게 말라 죽었던 땅 위 여기저기에 초록 잎들이 바람을 따라 살랑대기 시작했다.

'이제, 분명 어제와는 다른 또 다른 삶을 살 수 있게 될 거 같아.'

리희는 두 팔 벌려, 커다란 숨을 들여 마시며 엄마에게로 달렸다.

"엄마아~, 이거 보세요!"

리희는 엄마 손을 맞잡고 초록 잎이 돋아난 길 위에 섰다. 때마침 불어온 바람에 여린 초록 이파리가 살랑 움직였다.

그 순간, '아니'라는 소리만 만들던 엄마 목젖에서 들릴 듯 말 듯 한, 조그마한 소리가 새어 나왔다.

"초록이구나."

엄마의 낮은 목소리는 바람을 타고 날았다. 멀리서 까망이가 날아오고 있었다.

'까망아, 네가 아니라는 걸 나는 알아. 사람이, 우리가 만들어 낸 그거라는 거 말이야.'

그 순간, '아니'라는 소리만 만들던 엄마 목젖에서
들릴 듯 말 듯 한, 조그마한 소리가 새어 나왔다.
"초록이구나."
엄마의 낮은 목소리는 바람을 타고 날았다.
멀리서 까망이가 날아오고 있었다.
'까망아, 네가 아니라는 걸 나는 알아.
사람이, 우리가 만들어 낸 그거라는 거 말이야.'

소풍 가는 날 | 밀양 아동학대 사망 사건

묵직하게 다물었던 법정 문이 열리자, 사람들이 몰려들기 시작했다. 그 틈에 섞인 엄마가 보인다. 모자를 깊게 눌러쓰고 퉁퉁 부은 얼굴로 연신 눈물을 닦아내고 있는 엄마.

'너무 슬퍼하지 마요. 이제 난 괜찮아요.'

I. 엄마가 바뀌었다

"이제부터 네, 엄마는 나야."

깨진 유리조각 처럼 뾰족하고 차가운 목소리다.

"……, 이·모·가?"

어제까지만 해도 희수 엄마였던 이모가 갑자기 엄마라니. 놀라움은 두려움을 안고 들어왔다.

"그럼, 희수는? 우리 엄·마는……?"

모기만큼 작은 목소리로 겨우겨우 말했다. 그냥 희수 엄만데……. 일곱 살 영이는 도무지 모르겠다.

집의 분위기가 이상하다고 느낀 것은 한참이 되었다. 언제부터인가 갑자기 엄마는 보이지 않고, 매일 새빨간 립스틱을 바른 희수 엄마가 엄마 방에서 나왔다.

그런 후, 영이는 엄마를 잃었고, 아빠는 아내가 바뀌었다.

"네 엄마가 널, 내게 맡기고 도망갔다고!"

어느 날, 희수 엄마는 영이를 향해 다짜고짜 말했다.

"아니야, 우리 엄마는 영이 두고 도망 안 갔어! 도망 안 갔어!"

소리를 지르던 영이가 토를 하기 시작했다. 그 순간, 희수 엄마의 마르고 커다란 손이 영이 얼굴로 사정없이 날아들었다.

"어디서 감히 소릴 질러. 잘해주니까 이러는 거야!

혼이 나 봐야 알겠어!"

앙칼진 소리를 지르는 희수 엄마의 얼굴은 눈도 코도 없는 새빨간 입술로만 덮인 괴물 같았다. 게다가 이빨을 빠드득 갈아대며 세상의 모든 욕들을 마치 녹음기처럼 쏟아내기 시작했다. 이제까지 알던 희수 엄마의 얼굴도 목소리도 아니다. 새빨간 입술의 괴물이 그 속에서 튀어 나왔다. 그리곤 다짜고짜 영이를 끌고 방으로 들어갔다.

"이제부터 이 집의 주인은 나야! 알아들었어?"

놀란 눈으로 바라보는 영이를 향해 새빨간 입술이 다시 고함을 질렀다.

"알아들었어? 알아들었·냐·고?"

두려움에 잔뜩 웅크린 영이의 작은 몸 위로 빨간 입술의 매몰찬 손바닥이 사정없이 날아들었다.

엄마랑 있을 땐, 그렇게 상냥하기만 했던 빨간 입술, 빨간입술이 영이 엄마 했으면 좋겠다고 생각했던 적도 있었는데……. 바뀐 엄마는 새빨간 입술 괴물이었다. 세상에서 한 번도 본 적 없는 괴물. 두려움과 무서움의 나날이 시작되었다.

2. 허수아비 아빠

"앞으로 내 말 잘 들어. 나는 네 엄마랑 달라! 알았어? 알았냐고?"

집이 달라졌다. 따뜻하고 편안하고 자유로웠던 집이 사라졌다.

시간은 더디고 무겁게 흘러갔다. 영이의 하루는 길었고, 고단했고, 무서움과 두려움의 시간으로 채워지고 있었다.

아침부터 부산을 떨던 새빨간 입술은 스팽글이 촘촘히 매달려 번쩍번쩍 빛을 내는 화려한 옷을 위아래로 챙겨입고 언제나처럼 영이를 본 체도 않고 휑 나가버렸다.

닫힌 현관문이 더 이상 움직이지 않는다는 것을 확인하고서야 영이는 제 방으로 후다닥 달렸다.

"딸깍"

영이는 방문을 잠그고, 제 작은 손이 겨우 들어가는 옷장 틈에 손을 밀어 넣고 뭔가를 꺼냈다.

영이 손에 들여진 건, 초록색 노트다.

아무도 모르게 숨겨 놓은 영이의 일기장.

언젠가 엄마를 만나면 다 말하려고 아무도 몰래 적어놓는 영이의 마음이 그곳에 숨어있었다.

제목: 새빨간 입술 괴물과 허수아비 아빠

오늘은 토요일이다.
나는 학교 안 가는 토요일이랑 일요일은 너무 무섭다.
왜냐하면,
빨간입술 괴물의 마음이 자주 바뀌기 때문이다.
갑자기 화를 내고, 때리고, 거짓말을 하고······.

― 중략

어제도 그랬다.

여덟 살, 제 설움이 터진 영이가 이불을 뒤집어쓰고 울고 있을 때였다. 갑자기 이불이 들춰지더니 빨간입술의 마르고 커다란 손이 다짜고짜 울고 있는 영이의 뺨으로 입술로 마구 날아들었다. 그 바람에 입술이 터지고 손톱에 찍힌 잇몸은 빨갛게 부풀어 올라 패이기까지 했다.

퇴근하고 집으로 돌아온 아빠가 영이의 얼굴을 보고 놀라자, 빨간입술 괴물은 재빨리 새빨간 거짓말을 아빠에게 늘어놓기 시작했다.

"애가, 어찌나 조심성이 없는지, 제 혼자 넘어져서 입술을 다 깨고, 저 모양이지 뭐에요.

어휴, 속상해서 정말……."

아빠는 영이의 얼굴을 제대로 보지도 않고, 새빨간 입술의 거짓말만 믿으며 말했다.

"당신이 알아서 잘 봐 줘."

아빠는 영이를 흘겨보며 말했다.

"계집애가 조심성이 없어."

어제 일이 조금 전에 일어났던 일처럼 생생하게 느껴진다. 영이는 잔뜩 웅크린 채, 연필을 꾹꾹 눌러 쓴다.

'허수아비 아빠.'
아빠는 이제 내 아빠가 아니다. 새빨간 입술 괴물의 남편이 기만 하다.
내가 맞아 죽어도 모를 거다. 허수아비 아빠.
조금만 자세히 보면,

넘어져서인지 맞아서인지 알 수 있을 텐데. 내 방에 들어와서
물어보면 모두 말했을 텐데.
빨간입술만 좋아하고,
빨간입술 말만 믿는 아빠 미워.

　아무것도 모르는 아빠를 생각하자, 영이는 눈물이
왈칵 쏟아졌다.
　'빨간입술만 좋아하는 허수아비 아빠.'

엄마한테 이 일기장을 보여주고,
속이 시원하도록 다 말할 수 있는 날이 빨리 왔으면 좋겠다.
하지만,
그런 날이 정말 올 수 있을까?
진짜 내 엄마가 보고 싶다. 내 엄마가 보고 싶다. 엄마아~!
어쩌면······.
.

.

"아니야, 아니야."

영이는 제가 쓴 말 위에 얼른 연필로 새까맣게 덧칠을 한다.

'나는 어쩌면 맞아서 죽을지도 모르겠다……'

일기장을 덮는다.
굵은 눈물이 초록색 노트 위로 투두둑 떨어진다.

3. 내꺼야

'하악~!'
숨이 턱까지 차올라, 가슴이 터질 것만 같다.

며칠 전 일이다. 거실 가득 반 친구 엄마들이 와서 앉아있었다.
"엄마, 냉장고 문 열어도 되나요?"

"왜?"

"차가운 물이 먹고 싶어서요."

"안돼."

어깨를 축 떨어트리며 제 방으로 가는 영이 등 뒤에서 빨간 입술 괴물의 웃음소리가 들린다.

"호호호, 냉장고는 내꺼니까요."

목소리에 콧소리까지 섞어 가며 좋아 죽겠다는 듯이 말을 했다.

"네에? 정말요?"

동시에 터져 나온 놀라움이었다.

"어쩜, 착하기도 해라. 우리 집에선 생각할 수도 없는 일이에요."

"우리 영이는 집안 물건을 꼭 물어보고 사용하지요. 호호호."

빨간입술은 너스레를 떨었다.

"세상에, 우리 집에서 제가 내꺼라고 영이 엄마처럼 했다간 당장 애들 아빠한테 쫓겨날 거에요."

"그러게요. 남자들이 자기 핏줄이라고 은근히 아이들을 얼마나 챙기는데요."

반 친구들 엄마는 영이가 빨간입술의 친딸인 줄 알고 있었다.

아무도, 그 누구도 빨간입술이 괴물인지 몰랐다.

"내꺼야, 내 놔!"

"......"

내꺼로 가득찬 빨간 입술 괴물 나라에 영이꺼는 하나도 없었다. 공기조차도.

언제부터인지 모르겠다. 공기조차도 점점 영이를 짓누르며 압박해왔다.

'하악, 하악~!'

그럴 때면 영이는 목욕탕으로 달려 들어가, 입을 크게 벌리고 숨을 쏟아내야 했다. 그렇지 않으면 금방이라도 심장이 터질 것 같았기 때문이다.

이제 겨우 아홉 살 영이에게 시간은 더디고 무겁게 흘렀고, 영이와 아빠는 점점 남이 되어 가고 있었다. 아빠는 영이 아빠인데, 빨간입술의 새빨간 거짓말만 찰떡처럼 믿는 아빠.

'아빠 미워. 아무것도 모르면서.'

날마다 베개가 흥건히 젖도록 밤새 울고 또 울었다. 울음소리가 밖으로 새어 나갈까 봐 전전긍긍하면서 이불을 뒤집어쓰고 입을 틀어막고 울었다.

　이제 겨우 아홉 살인 영이는, 제 스스로 저를 지키지 않으면 세상 누구도 지켜주지 않는 빨간 입술 괴물 나라, 그 섬에 불시착한 불청객이 되고 말았다.

4. 소풍 가는 날

　엄마가 보인다. 엄마 곁으로 사람들이 우르르 들어서고 있다.
　'짐승만도 못한 인간!'
　'사형선고!'
　이런 피켓들이 줄을 서서 함께 들어오고 있다.
　잠시 후, 다른 문에서 초췌한 낯빛의 빨간입술이 들어왔다. 빨간 립스틱이 지워진 빨간입술 괴물이었다.
　"저런, 짐승만도 못한 년에게 재판은 왜 하는 거냐?"

"사형선고!"

"사형선고!"

"저런 인간쓰레기에게 내가 낸 세금이 쓰이는 건 말도 안 된다."

"법은 사형선고를 내려라!"

법정 안은 분노한 사람들이 쏟아내는 소리들로 가득 찼다.

모자를 눌러쓴 엄마 어깨가 들썩인다. 엄마는 오늘도 서럽게 울고 있다.

'엄마, 난 괜찮아 이제. 그만 울어.'

엄마에게 말해보지만, 엄마에겐 영이 목소리가 들리지 않나 보다.

"미안해 내 아가야, 정말, 미안해 내 아가야!"

촉촉이 젖은 말들이 엄마 입술에서 살아나와 영이에게 날아든다.

'엄마, 이젠 괜찮아. 괜찮아!'

법정 안으로 바람이 한차례 휘리릭 불었다 빠져나간다.

그날이 보인다.

오늘은 소풍 가는 날이다. 영이의 손이 빨라진다. 가방을 메고 현관으로 내려서려던 영이가 잠시 머뭇거리다 빨간입술과 눈이 마주쳤다.

"저……어……, 엄·마!"

표독스럽게 쏘아보고 선 빨간입술을 향해 크게 용기를 낸, 영이가 말했다.

"1,000원만 주시면 안 돼요?"

"뭐라고?"

빨간입술의 목소리가 영이의 가슴에 콕 박혔다.

"아, 아니에요……!"

후회할 시간도 없었다.

"너, 이리 와."

유리창 깨지는 것 같은 소리와 함께, 영이의 몸이 공중에 붕 떠올랐다. 영이는 그 길로 빨간입술에게 끌려 들어가 죽을 만큼 맞았다. 깨진 유리 조각처럼 날아드는 빨간입술의 마르고 거친 손찌검은 영이 가슴 속으로 살 속으로 깊숙이 파고들었다.

"잘못했어요. 엄마."

영이의 눈빛은 절망으로 흔들렸다. 겁에 질린 눈동자는 힘없이 사그라들기 시작했지만, 한번 시작한 빨간입술의 매질은 그치지 않았다.

"너만 없으면 돼. 너 년 때문에 내가 못 살아, 못 살아!"

"소……풍……가야, 되는데……."

사그라드는 불씨처럼 쓰러지는 영이를 영이가
본다.

'불쌍한 영이.'

빨간 입술에게 얻어맞아 여기저기 긁히고 피멍이
들어 쓰러진 영이. 영이는 그런 제 모습을 한참 동안
멍하게 바라보다가 제게 말을 한다.

'이제는 괜찮아. 이제는 됐어.'

"사건번호 울산지법 2013……, 징역 18년."

법복을 입은 판사가 서류를 읽는다. 판사의 말이
떨어지기 무섭게 법정 안은 술렁였고 소란스러워지
기 시작했다.

"사형, 사형……!"

엄마가 자리에서 벌떡 일어나 외마디 소릴 지르
다가 쓰러졌다.

'엄마!'
영이가 엄마 곁으로 휘릭 날아들었다.
"영이야, 영이야, 내 아가야."
눈을 꼭 감은 엄마 눈에서 눈물이 흘러내린다.
"널 두고 가서 정말 미안해, 미안해."
'엄마, 영이는 이제 괜찮아.'

아홉 살 영이는 이제 사람들 눈에 안 보인다. 하지만 안 보인다고 사라진 것도 없어진 것도 아니다. 영이는 제가 살던 곳, 제가 놀던 곳에서 제게 일어났던 빨간입술 괴물에 관한 일에 대해서 사람들이 어떻게 말을 하고 어떻게 끝을 만들어내는지 지켜보기로 했다.

왜냐면,
영이는 이 세상에 태어난 모든 생명은 행복할 권리가 있다는 것을 이제는 알기 때문이다.

고개를 숙이고 버스에 오르는 빨간입술 괴물.
초록 노트를 들고, 후미진 법정 끝에 서서 지켜보고 있는 아빠가 보인다.

그 광경을 물끄러미 바라보던 영이가 하늘빛을 향해 높이 날아오르자, 한 무리의 하얀 나비 떼도 함께 날아올랐다.
'나도 어른이 되고 싶었는데……. 안녕!'

아홉 살 영이는 이제 사람들 눈에 안 보인다.
하지만 안 보인다고 사라진 것도 없어진 것도 아니다.
영이는 제가 살던 곳, 제가 놀던 곳에서
제게 일어났던 빨간입술 괴물에 관한 일에 대해서 사람들이
어떻게 말을 하고 어떻게 끝을 만들어내는지 지켜보기로 했다.
왜냐면, 영이는 이 세상에 태어난 모든 생명은 행복할 권리가
있다는 것을 이제는 알기 때문이다.